Emilie Søndergaard

I dag er okay

20 kortprosatekster

I dag er okay
© 2019 Emilie Søndergaard
1. udgave
ISBN: 978-87-4300-867-5

Redaktør: Camilla Friis
Omslag: Wammen Design
Forlag: BoD – Books on Demand, København, Danmark
Tryk: BoD – Books on Demand GmbH, Norderstedt,
Tyskland

En familiemiddag

"Mor! Lov mig nu, at du ikke overfuser Tinas nye kæreste," siger jeg sammenbidt, mens vi henter de røde velkomstdrinks i køkkenet.

"Jeg skal nok opføre mig som en sød og rar gammel dame, hvis det er det, du gerne vil have."

"Gider du ikke prøve at huske på det hele aftenen. Jeg vil helst ikke have endnu en familiemiddag ødelagt."

"Ja ja," vrisser mor og forsvinder ind i den pæne stue, hvor gæsterne er ved at indfinde sig. Jeg tæller til ti og tager en dyb indånding, inden jeg følger efter hende.

Onkel Torsten står i hjørnet ved siden af pejsen og snakker med far. Det lyder, som om de er ved at diskutere gårsdagens fodboldkamp. Jeg byder dem en drink, mens jeg kigger rundt i stuen. Sanne og Sebastian sidder pænt i sofaen uden at lave ballade. Indtil videre. Det har taget en krig at få dem gjort pænt i stand.

"Skal jeg ikke tage bakken, Susanne?"

"Tak, Alexander," svarer jeg og vender mig om ved lyden af dørklokken.

Vi mangler kun Tina og hendes nye kæreste. Jeg

sender mor et sigende blik, før jeg går ud for at lukke op.

Tina og jeg hilser på hinanden med et lille kindkys, som man bør med familiemedlemmer. Jeg giver hendes kæreste hånden og byder ham velkommen. Han virker nervøs. Hun har sikkert fortalt ham alle skrækhistorierne om vores sure, gamle mor, og hvordan hun plejer at skræmme folk væk.

Tinas kæreste følger efter os ind i stuen. Stilheden sænker sig. Jeg fanger Alexanders blik, og han skynder sig straks over for at hilse på. Tavsheden brydes, og jeg smiler igen. Ud af øjenkrogen kan jeg se mor tømme sin velkomstdrink. Jeg holder vejret.

"Goddag. Jeg hedder Birthe," siger mor og giver ham hånden.

"Goddag," svarer han. "Jeg hedder Dennis."

Vi ser alle afventende på mor.

"Jeg kan godt lide en mand med et godt, fast håndtryk. Det siger meget om en person. Dig skal vi nok få noget godt ud af ..."

Var det en kompliment? Alle kigger underligt på mor. Ja, selv onkel Torsten glor uden at komme med opfølgende dumme kommentarer. Mor fortsætter bare hen til far, som om intet er hændt.

Jeg går hen til Sanne og Sebastian, som ikke har opfattet noget. De er til gengæld begyndt at bygge tårne af nøddeskallerne på sofabordet. Det sviner sådan.

Jeg kan næsten ikke fatte, at mor rent faktisk sagde noget pænt om Dennis. Måske er det alligevel i dag, jeg får den familiemiddag, som jeg altid har drømt om. Jeg spejder efter mor, men hun er forsvundet. Bare hun nu holder sig ude af køkkenet.

Onkel Torstens stemme overdøver pludselig alt og alle, mens han højtråbende uddyber en dommerfejl fra fodboldkampen til far. Jeg ryster på hovedet.

Efter at have rettet på Sanne og Sebastian går jeg ud i køkkenet for at anrette forretten. Perfekt som altid. Det eneste, som altid er perfekt.

Med et smil kalder jeg gæsterne til bords, mens jeg bærer forretten ind. Måske ender alt godt i aften. Jeg får øje på mor og tvivler.

En togtur

Louisa kastede sig forpustet ned i sædet. Det der med at komme afsted i god tid havde aldrig været hendes stærke side. Da hun havde fået vejret igen, kæmpede hun sig ud af vintertøjet og smed det op på hattehylden. Fra sin taske fandt hun en sandwich, en flaske vand, slik og mobilen frem.

"Så er provianten klar."

Hun kiggede på den ældre dame i sædet ved siden af og smilede.

"Ja. Der er jo ret langt til Sønderborg."

"Skal du også helt til Sønderborg?" spurgte damen og rettede på sine briller.

"Ja. Jeg skal hjem og besøge mine forældre."

"Det lyder dejligt. Jeg er på vej hjem efter at have passet mine børnebørn hele ugen."

"Hvor mange børnebørn har du?" spurgte Louisa, mens hun tog elastikken af håndleddet og samlede håret i en hestehale.

"Tre. To drenge og en pige på 3, 5 og 12 år."

"Så har du sikkert haft rigeligt at se til." Hun drak lidt af vandet og åbnede for slikposen.

"Ja," svarede den ældre dame og nikkede. "Selvom det er skønt at tilbringe så meget tid sammen med dem, glæder jeg mig nu også til at komme hjem og slappe af."

"Det tror jeg gerne. Vil du have et stykke?" Hun rakte slikposen over mod hende.

"Nej, ellers tak."

Hun tog selv en vingummi og fik øje på en ung pige på omkring 14-15 år i en tynd, hvid sommerbluse, som sad over for hende. Louisa rakte slikposen over mod hende.

"Værsgo'. Du må også gerne få en."

"Tak," svarede pigen og tog forsigtigt en lakrids.

Mobilen bippede, og Louisa kunne se, at det var en sms fra hendes mor. Hun slog lynhurtigt ankomsttiden til Sønderborg op på Rejseplanen og sendte den retur. Da hun så op fra sin mobil, kunne hun se den unge pige sidde og stirre fortabt ud ad vinduet med tårer i øjnene. Et lille snøft forlod pigen, og hun duppede øjenkrogen med pegefingeren.

Louisa overvejede, om hun kunne tillade sig at spørge, hvad der var galt. Men hun var ikke sikker på, at hun selv ville have brudt sig om, at en fremmed henvendte sig til hende, hvis hun sad og græd. Hun tog et stykke slik mere, mens hun overvejede, hvad hun skulle gøre.

Den gamle dame kom hende dog i forkøbet. Hun rakte den unge pige et lommetørklæde og sagde: "Op med humøret, lille ven. Det hjælper ikke noget at sidde her og græde."

Den unge pige tog imod lommetørklædet uden at kigge op på den ældre dame. Hun tørrede øjnene igen, og Louisa fik et stik i hjertet af medlidenhed. Hun så virkelig ked ud af det, som hun sad der og stirrede ud ad vinduet.

Toget sænkede farten. De var allerede nået til Odense, og den unge pige rejste sig modvilligt op og gik hen mod udgangen. Undervejs trak hun ned i blusen, så den dækkede det bare stykke over hendes buksekant. Louisa fulgte hende med øjnene hele vejen. Ud ad vinduet kunne hun se hende modstræbende give en midaldrende mand et knus, inden de forsvandt hen mod rulletrapperne.

En evaluering

"Hvordan synes I selv, jeres samarbejde er gået?"

"Fint. Vi havde ikke nogen problemer."

Jeg glor måbende på Emma. Det sagde hun bare ikke. Det er så meget løgn.

Torben ser på os skiftevis, inden han fortsætter: "Jeg tænker ellers, at samarbejdet er en af de ting, I skal arbejde på. Det faglige fejler ikke noget, men samarbejdsmæssigt er der vist nogle problemer."

Jeg nikker stille, mens jeg fokuserer på mine foldede hænder. Emma sukker opgivende. Jeg behøver ikke se på hende for at vide, at hun himler med øjnene. Jeg bekæmper trangen til at modsige hende. Et enkelt blik fra hende får mig til at klappe helt i.

"Liva, vil du ikke fortælle, hvad du mener?" Torben ser opmuntrende på mig.

"Øhm ... Jeg ... øh ... synes, det gik fint," fremstammer jeg og ser ned igen.

"Er du sikker?"

Jeg nikker overdrevent. Bevidst om, at de holder øje med mig.

"Okay. Det er op til jer, men jeg synes, at I skal forsøge at opnå et bedre samarbejde. Det vil gavne jeres fremtidige projekter."

"Vi skal nok kigge på det," siger Emma overbevisende.

Som om noget nogensinde kommer til at ændre sig, tænker jeg irriteret og har en umanerlig lyst til at række tunge ad hende.

"Jamen, god weekend så."

Emma rejser sig hurtigt op og forlader klasseværelset uden at gengælde Torbens hilsen.

"Er du okay, Liva?" Han kigger bekymret på mig.

"Ja, det tror jeg nok. Vi får bare aldrig et samarbejde til at fungere, når hun kun gør, hvad hun selv vil."

"Du er nødt til at stole på dig selv og sige fra over for hende, så hun finder ud af, at du ikke altid er enig med hende i alting."

Det er så nemt for ham at sige.

"Okay," hvisker jeg og rejser mig op uden at se på ham.

Udenfor får jeg øje på Emma. Hun står sammen med Vilma og Klara og snakker. Helt sikkert om mig.

En villavej

Hun kom trækkende med sin cykel ned ad vejen. Det var første gang, hun var her, siden hun var flyttet hjemmefra.

Bag Hansens store grantræer kunne hun ane husets skorsten. Træerne var blevet større siden sidst. De havde været diskuteret lige så længe, hendes forældre havde boet her. Men Hansens nægtede at beskære dem, selvom de skyggede for solen. Lige nu skyggede de for naboen Vivians stuevinduer. De træer var Hansens bevis på, at de havde boet her længst. Hun rystede opgivende på hovedet.

Da hun gik forbi Vivians hus, kunne hun høre hende øve sig på klaveret. Det var blevet mere tåleligt med tiden. Det undrede hende stadig, at Vivian havde tilbudt klaverundervisning, når hun ikke kunne spille selv. Det havde dog også kun varet et halvt års tid, inden det stoppede, samtidig med at Marianne flyttede fra villavejen med sine tre teenagedrenge.

Hos Jesper og Nete ved siden af kunne hun høre børnene lege gemmeleg i den store have. Et smil bredte sig på hendes læber, mens hun tænkte på alle de gange, hun selv havde leget gemmeleg i haven, dengang hendes barndomsveninde Rosa havde boet der. Hun huskede især den gang, de havde leget gemmeleg med Rosas storebror, og han havde fundet hende. Han havde ikke bare sagt "fundet", men var gået helt hen til hende og havde hvisket det i hendes øre. Hun rødmede stadig, når hun tænkte tilbage på det kindkys, han havde givet hende den eftermiddag.

Herman Schultz startede græsslåmaskinen. Hun kiggede på sit armbåndsur og ganske rigtigt – klokken var lidt over syv. Han slog altid græs hver aften klokken syv, mens hans kone gik tur. Hun havde aldrig forstået, hvorfor de to var gift. Man så dem aldrig sammen eller hørte glade stemmer bag hækken. Tværtimod. Da hun var barn, havde hendes mor sagt, at ikke alle ægteskaber byggede på kærlighed. Indimellem spekulerede hun stadig på, hvad det betød.

Deres genbo var ved at feje indkørslen og kiggede op ved lyden af hendes knirkende cykel. Hun hilste kort. Den gamle fru Pedersen havde været en streng barnepige. Hun var blevet tvunget til at bede bordbøn, lege stille og måtte ikke bande i hendes påhør. Senere havde det overrasket hende at finde ud af, at fru Pedersen slet ikke var så hellig, som hun gerne ville fremstå. Hun havde hjulpet hende med hovedrengøringen i forbindelse med Operation Dagsværk i gymnasiet, og der havde hun fundet skjulte, halvtomme spiritusflasker overalt i huset.

Hun stoppede ud for sit barndomshjem. Hvilke hemmeligheder gemte hendes forældre mon på? Lige nu var hun på vej ind for at fortælle dem en af sine egne. Hun vendte sig om og kiggede nervøst på Nadja, som tavs havde gået ved siden af hende hele vejen.

"Det skal nok gå," sagde Nadja roligt og smilede.

Hun nikkede og stillede cyklen op ad hækken.

Et opgør

"Hvorfor nu de her problemer?"

Jeg observerer de andre ud af øjenkrogen. Nikola og Lars undlader at se på mig og stirrer bare ned i mødebordet. Martine kigger på mig med et lettere nervøst smil. Jeg tager en dyb indånding og møder til sidst Viktors blik. Han ser selvsikker ud.

"Mener I virkelig, at I vil trække jer fra projektet?"

"Ja. Hvad havde du forventet, efter den behandling vi har fået?" Han smiler det der irriterende smil.

"Hvad snakker du om? Der er ikke blevet gjort forskel på jer og de andre projektdeltagere."

Irritationen skinner tydeligt igennem i min stemme. Viktor ser ud til at nyde hvert sekund af det.

"Nej, netop."

Jeg glor måbende på ham. Den havde jeg ikke set komme.

"Sidder du og fortæller mig, at I ikke vil være en del af projektet, fordi I deltager på lige fod med de andre?"

"Ja."

Han retter sig op. Han tror virkelig, at han har

krammet på mig. Men jeg kan også spille det her spil.

"Nå, det er jeg da virkelig ked af at høre. Men så må jeg jo bare finde nogle andre."

Jeg ser rundt på dem en efter en for at understrege, at jeg mener det. Ingen er uerstattelig, og de kan alle fire udskiftes.

"Men vi kan selvfølgelig overtales til at blive mod nogle bedre vilkår," svarer Viktor indøvet.

Jeg kigger på Viktor igen. Næ nej, min fine ven. Det kan der ikke blive tale om. Jeg folder hænderne i skødet, så de andre ikke kan se, hvor meget de ryster.

"Det kan jeg desværre ikke tilbyde jer. I kan deltage på lige fod med de andre."

Jeg håber, min stemme udstråler den sikkerhed, som jeg på ingen måder føler. Viktors venstre øje sitrer, og han lægger hovedet lidt på skrå. Ud af øjenkrogen kan jeg se de andre betragte ham med anspændte miner.

"Jamen, så må vores samarbejde jo stoppe," siger Viktor og rejser sig op og skubber stolen tilbage.

Langsomt følger de andre trop. Jeg trækker vejret og rejser mig op som den sidste. En efter en giver jeg dem hånden.

"Så må det desværre blive sådan. Tak for denne gang. Jeg håber, vi får mulighed for at arbejde sammen en anden gang."

Jeg ser efter dem, da de forlader rummet, og er på nippet til at kalde dem tilbage flere gange.

Martine lukker døren efter sig, og jeg smider mig i den nærmeste stol. Min krop ryster. Gjorde jeg det rigtige ved at lade dem gå? Bag den lukkede dør kan jeg høre deres ophidsede stemmer. Ja, det tror jeg. Lidt efter kan jeg høre et let bank på døren.

Et møde

"Hej Selma."

Hun vendte sig mod stemmen. En ældre dame kom gående hen mod hende med armene bredt ud klar til at give et kram.

Hun gengældte tilbageholdende omfavnelsen, mens hun forsøgte at komme i tanke om, hvem damen var. Det måtte jo være en, hun kendte, siden damen inviterede til et kram og kendte hendes navn. Hun gættede på, at damen var omkring de 80 år på grund af det grå hår og de dybe, fremtrædende rynker i ansigtet. Damen var klædt i en lang, fin pels og lignede en, der lige var gået ud ad døren i sin strandvejsvilla. Selma kendte ikke sådan nogen folk. De boede ikke i de boligblokke, hvor hun var vokset op.

"Hvordan går det med dig, Selma? Det er så længe siden."

"Det går godt. Jeg læser til lærer på 3. semester."

"Nej, hvor dejligt. Du har også altid været god til børn."

God til børn? Hun havde aldrig følt sig specielt god til børn. Faktisk brød hun sig slet ikke om små børn efter at være vokset op som den ældste i en søskendeflok på syv. Derfor planlagde hun også at skulle undervise i udskolingen.

"Hvad med dig?" skyndte hun sig at spørge.

"Det går godt – alderen taget i betragtning. Alting bliver jo lidt mere besværgeligt, jo ældre man bliver."

"Okay."

Hun kunne ikke komme i tanke om et andet svar. Selma stod og iagttog damen, mens hun pillede ved sin fletning.

"Er du stadig glad for at bage?" Damen blinkede til hende.

Glad for at bage? Hun hadede alle former for madlavning, men damen havde vist også været sarkastisk med det blink.

"Lige så lidt som altid," forsøgte hun og trippede nervøst.

Et livsbekræftende grin forlod den gamle dame.

"Hvor er du på vej hen på denne dejlige tirsdag?"

"I fitnesscentret. Hvad med dig?"

Måske kunne damens svar hjælpe hendes hukommelse på vej?

"Jeg er på vej til bageren efter kage til aftenkaffen."

"Dejligt. Nå, men jeg er nødt til at komme videre. Jeg skal mødes med min træningsmakker om lidt."

"Selvfølgelig. Sådan en gammel kone som mig skal ikke holde på dig. Smut du med dig." Den ældre dame

gav Selma et kram og skulle lige til at gå, da hun sagde:
"Jeg har altid vidst, at du nok skulle blive til noget trods
de dårlige odds. Kæmp videre min pige." Hun gav Sel-
ma et klap på skulderen og gik over mod bageren.

En løbetur

Nikoline gik ned til det sædvanlige skab i fitnesscentrets omklædningsrum. Hun undgik at kigge på de andre piger, som var ved at klæde om. Hun skiftede hurtigt sit løsthængende dagligdagstøj ud med det lidt mere tætsiddende træningstøj. Lad vær' med at tænke på din krop. Lad vær' med at tænke på din krop. Med dette mantra gentaget igen og igen forlod hun omklædningsrummet og gik hen til løbebåndene. Hun valgte det bagerst i hjørnet ved vinduet. Der ville ingen gå forbi hende.

Løbebåndet blev indstillet til opvarmning, og Nikoline begyndte at lunte. Hun rettede sig op og spejdede ud over lokalet, da hun var kommet ind i rytmen. Det var en tilbagevendende kamp at få fødderne til at falde ind i en naturlig rytme. Heldigvis var salen næsten tom, men inden længe ville den vrimle med veltrænede mænd og kvinder, som viste sig frem. Hvorfor kunne de ikke bare passe deres egen træning? Hvorfor skulle de altid kaste mindst et blik på hende, som var hun den mærkelige pige i klassen?

Nikoline så på storskærmens reklamer, mens hun

forsøgte at glemme verdenen omkring sig. Forsøgte at fokusere på benenes rytme. Det blev nemmere og nemmere at holde rytmen gang for gang.

Sekundet inden benene ville være kollapset under hende, trykkede hun forpustet på stop-knappen og stillede sig på løbebåndets sider. Hun trak vejret i kraftige ryk og blev nødt til at støtte sig til løbebåndets armstøtte for ikke at falde om.

Hun smugkiggede hurtigt for at tjekke, om nogen havde lagt mærke til det. Da hun havde fået vejret igen, rengjorde hun løbebåndet efter sig. Træt men lettet over at have gennemført endnu en løbetur.

Det måtte være nok for i dag. Med rystende ben begav hun sig ned mod omklædningsrummet igen. Da hun gik forbi styrketræningsområdet, kunne hun ikke undgå at stoppe op og betragte de muskuløse mænd og kvinder, som løftede tunge vægte med deres faste kroppe. En dag ville det være hende. Det var hendes mål.

Hun fortsatte langsomt ud i omklædningsrummet og gik lige forbi vægten. Omklædningsrummet var tomt bortset fra en enkelt, som var ved at trække i træningstøjet. Hun kunne derfor godt tillade sig selv et hurtigt bad. Hun klædte sig af og svøbte håndklædet omkring sig. På vej hen til baderummet stoppede hun foran spejlene og kiggede på sit spejlbillede. Hun havde svært ved at kende den skaldede skeletdame i spejlet med øjnene dybtliggende i øjenhulerne og huden hængende løst på kroppen. En dag, når kræften havde forladt hendes krop, og kemoen var overstået, så ville hendes krop også kunne trænes op til at blive lige så smuk som alle de andre kvinders i fitnesscentret. Men det var ikke endnu. Nu kæmpede hun mod døden og en krop, som hun knapt genkendte længere.

En fødselsdagsfest

Anne Kathrine ringede på døren. Hun kunne høre, at festen allerede var godt i gang. Hun sukkede. Det var så irriterende, at hun havde været nødt til at arbejde over i aften. Tilde og Lukas' årlige fødselsdagsfest var altid i særklasse, og hun var villig til at gøre næsten hvad som helst for at deltage. Et år havde hun sagt, at hun var syg og meldt afbud til sin bedstemors runde fødselsdag. Et andet år havde hun droppet rusturen på 1. semester af studiet for at deltage. Men i år var hun kommet for sent, fordi hun var nødt til at passe sit arbejde. Det føltes så voksenagtigt på en kedelig måde.

Døren blev stadig ikke åbnet, og Anne Kathrine ringede på endnu en gang. Det var en kølig majaften, og hun småfrøs i sin pæne kjole og sommerjakke. Endelig blev døren åbnet, og en smilede Lukas tog imod hende.

"Så fik du endelig fri."

Han gav hende et stort knus, da hun trådte indenfor. Han så lige så godt ud, som han plejede. Ham havde Tilde altså været heldig med. Ligesom med alt andet. Anne Kathrine fulgte efter ham ind i stuen, der i dagens anledning var forvandlet til et diskotek med en DJ ovre i hjørnet ved siden af dobbeltdørene ind til spisestuen.

"Er du sulten?" Han pegede på døren ud til køkkenet. "Der er rester i køkkenet."

Hun gav ham en tommel op.

"Jeg finder lige Tilde og siger hej først."

Lukas nikkede og forsvandt ud i køkkenet. Hun fik straks øje på Tilde. Den kvinde forstod at lyse et rum op. Hun stod midt på gulvet og rockede løs til musikken i en kjole, der tydeligt viste, hvorfor alle mænd gloede efter hende. Anne Kathrine skyndte sig hen for at sige hej. Tilde gav et lille hvin fra sig, da hun fik øje på hende, og gav hende et stort knus.

"Tillykke med fødselsdagen."

"Tak."

Tilde var storsmilende, og der var ingen tvivl om, at hun nød opmærksomheden.

"Har du fået noget at spise og drikke?"

"Ikke endnu. Lukas er lige ved at finde nogle rester frem."

Der var noget i Tildes blik, der ændrede sig, og smilet stivnede lidt, da hun nævnte Lukas' navn. Men det varede kun et splitsekund, før hun var sig selv igen. Man skulle kende Tilde godt for at opdage det.

"Selvfølgelig. Vi ses om lidt."

Tilde forsvandt ud på dansegulvet og hengav sig til musikken.

Anne Kathrine gik ud i køkkenet, hvor Lukas havde

fundet resterne frem.

"Tak," svarede hun, da han rakte hende lidt af forretten.

Mens hun spiste, gik han over til vinduet og faldt i staver. Hun spiste stille, mens hun kiggede på ham. Det så ud til, at han rystede lidt. Hun stillede sin tallerken fra sig og gik over og lagde armene om ham.

Et øjeblik

Lærke kom cyklende ned ad cykelstien på vej hjem til Maja. De havde aftalt at bruge søndagen sammen ved stranden, og hun glædede sig. De var blevet enige om at bruge hver eneste dag sammen, indtil hun skulle afsted på sin jordomrejse.

Vejen hen til Maja var en lang, lige cykeltur tværs gennem byen, og hun kunne nærmest køre den i søvne. Solen skinnede fra en skyfri himmel, og varmen kælede for hende. Hun havde glemt sine solbriller derhjemme, så det skarpe lys blændede hende.

Hvor langt var hun egentlig nået? Der lå bageren. Så havde hun nået cirka en tredjedel af strækningen. Lærke nynnede glad sommerens store hit, mens hun trampede i pedalerne. Hun nød følelsen af vinden i ansigtet, og hvordan det fik hendes hår til at flagre efter hende.

Var der grønt? Hendes opmærksomhed vendte igen tilbage til trafikken. Jo, selvfølgelig havde der været det. Derhenne lå skolen. Det betød, at hun var lidt over halvvejs.

Et pift fik hende til at vende hovedet mod den bil, som var ved at overhale hende.

"Hvor skal du hen?" spurgte Kasper halvt hængende ud ad vinduet.

"Hen til Maja. Jer?"

"Stranden."

"Så ses vi."

"Nice. Vi ses."

Bilen dyttede en gang og gassede op. Lærke vinkede til den og fortsatte fremad i høj fart. Et højt hvin fra en bil, der bremsede hårdt og dyttede, fik hende til at kigge til siden. En bil kom kørende mod hende. Hurtigt. Hun skyndte sig alt, hvad hun kunne for at krydse vejen. Ud af øjenkrogen så hun biler komme kørende mod hende fra højre side også. Hun klodsede bremsen og stoppede op midt på vejen ved helleanlægget, som adskilte den mange-sporede vej. Lærke kiggede sig forskrækket omkring og opdagede, at hun var kørt over for rødt i det største lyskryds i byen. Hjertet sad helt oppe i halsen, og adrenalinen fik hendes krop til at ryste krampagtigt.

"Er du ok?" spurgte en dyb stemme.

Hun vendte sig bagud og fik øje på chaufføren i den bil, som havde bremset og dyttet ad hende. Hans ansigt var hårdt, selvom kroppen så ud til at ryste lidt.

"Ja. Undskyld," svarede Lærke og kiggede ned.

En bytur

Jasmin vrikkede til musikken. Hun følte sig fri, når hun befandt sig på diskotekets dansegulv. Hun smilede til de andre gæster, mens hun dansede. Dansede med alle på en gang og så alligevel ikke med nogen.

En ung, mørkhåret mand smøg sig op ad hende. Hun ville snart være nødt til at vise ham, at hun ikke var interesseret. Det var hun aldrig. Dansen var hendes frirum, selvom den indimellem blev forstyrret af lidt for nærgående mænd. Jasmin dansede rundt om ham, så de kom til at stå ansigt til ansigt. Hun kiggede ham dybt i øjnene. Han smilede kækt til hende og lænede sig frem, men hun stoppede ham med en let fremstrakt hånd og rystede på hovedet, inden hun dansede væk fra ham.

Hun hvirvlede rundt og rundt og rundt. Lige indtil hun var ved at miste balancen. Hun greb ud efter et af bordene i udkanten af dansegulvet, men fejlbedømte vinklen. En ung, lyshåret mand greb hende, da hun mistede balancen.

"Hey. Pas på!" sagde han og støttede hende.

"Undskyld," svarede hun og betragtede ham med store øjne.

"Er du okay?"

"Ja."

Hun vendte sig om for at indtage dansegulvet igen, men mærkede en hånd på sin venstre skulder. Hun frøs på stedet. Det var længe siden, og alligevel lurede frygten altid lige under overfladen.

Han gik rundt om hende og kiggede hende i øjnene. "Er du sikker?"

Jasmin nikkede stift. Han så ikke helt ud, som om han troede på hende.

"Har du lyst til noget at drikke?"

Han så venlig ud bag den bekymrede mine. Der kunne vel ikke ske noget ved at sige ja. Når bare hun kun tog imod én drink uden at lade ham komme tættere på end det.

"Ja, tak," svarede hun stille.

"Hvad vil du have?"

"Bare en cola."

Han nikkede og gik op til baren. Da han havde afgivet deres bestilling, vendte han sig om og sendte hende et stort smil. Hun kiggede ned i gulvet, mens hun prøvede at samle sig.

"Værsgo'." Han rakte hende colaen og tog en slurk af sin øl. Hun tog en stor mundfuld.

"Tak."

Han løftede øllen.

"Hvad hedder du?"

"Jasmin. Og dig?"

"Det var et smukt navn."

Hun rødmede.

"Jeg hedder Thomas."

"Hej Thomas."

Hun så ind i hans venlige, blå øjne og forsøgte at undertrykke angsten, der bredte sig i kroppen på hende. Musklerne spændtes – parat til flugt.

"Er der noget galt?"

"Dine øjne minder mig om en ubehagelig oplevelse for længe siden," svarede hun stille.

En nat

Augusta kiggede Valdemar dybt i øjnene. Selv her i må-
nelyset lyste hans smukke, grønne øjne op. Han gav
hendes hals et blidt kys, og hun kunne mærke varmen
brede sig i kroppen. Det fik hende til at glemme alt om
hans ansigtsudtryk fra før, da han havde kigget åndsfra-
værende ud ad vinduet.

Langsomt trykkede hun ham ned i madrassen og for-
tabte sig i hans smil. Hun kravlede op på ham og buk-
kede sig ned for at kysse ham. Hun kyssede hans pande
let. Bed ham blidt i øreflippen og hørte ham stønne.

Hun følte sig beruset og kyssede hans mund intenst.
Med et snuptag vendte han dem om, så hun lå på ryg-
gen med ham oven på sig.

Augusta blev aldrig træt af at tilbringe tiden sammen
med ham. Nu var det ham, som kyssede hende på pan-
den. På næsen. På munden. På halsen. På kravebenet.
En behagelig skælven bredte sig i hende, mens han fort-
satte med at kysse hendes krop. Hun rodede ham i hå-
ret. Det var for kort til, at hun kunne få ordentligt fat og
bruge det til at fastholde ham.

Hun grinede let, da han strøg fingrene hen over hendes mave. Hun var kilden på det sted, hvor hendes hofteknogle stak frem. Han vidste det og benyttede sig af det.

Han plantede et langt, varmt kys lige over kanten på hendes trusser, inden han kravlede op og lagde sig i øjenhøjde med hende igen. Han stoppede altid, når det for alvor begyndte at blive intimt. Hun puttede sig ind til ham og lagde sit hoved på hans brystkasse. Hun nød hans maskuline, krydrede duft af moskus.

Hun løftede sin højre hånd og fandt hans venstre, hvorefter hun flettede deres fingre. Mens hun lå der på brystkassen, kunne hun høre hans hjertes rolige slag. Hun kunne mærke ham bøje sig lidt frem og kysse hendes hovedbund. Hun drejede hovedet og kiggede ind i hans fortryllende øjne. Intensiteten i dem rørte hende dybt. Hun ville ønske, at hun kunne forklare ham det, så han for alvor troede på hende, når hun sagde, at hun ikke ville såre ham, som han var blevet det så mange gange før.

En samtale

"Jeg har fået resultatet af undersøgelsen af det moder-mærke, vi fjernede ..."

Hun kigger anspændt på lægen. Den måde, han trækker på det sidste ord i sætningen, tegner ikke godt. De har helt sikkert fundet noget. Endnu en gang forbander hun sig selv for ikke at være gået til læge noget før.

Modermærket var vokset til dobbelt størrelse hen over et par år, men der var altid noget andet, som optog hende mere end at komme til læge.

"... Og der er ikke noget farligt i det. Nogle gange vokser modermærker bare helt naturligt, uden at det er ondartet."

Josefine blinker overrasket et par gange og ånder lettet op. Hun tager en dyb vejrtrækning helt ned i maven. Det har hun ikke kunnet de uger, hvor hun har ventet på svar.

"Tak."

"Det var så lidt. Husk ikke altid at tro det værste. Oftest er der ikke noget galt. Men det er altid godt at være opmærksom og få det tjekket."

Hun rødmer og nikker. Det føles faktisk lidt pinligt at have været så nervøs, når det nu viste sig, at der ikke var noget i det.

En overvejelse

"Camilla, er du okay?"

Jeg ser roligt på mor. Hendes ansigtsudtryk er bekymret. Jeg sørger for at se tilpas ligeglad ud og kigger på tv'et igen. Koncentreret forsøger jeg at fokusere på den glamourøse bryllupsscene, men filmen har svært ved at fastholde mit fokus. Jeg trækker lidt ned i ærmerne.

"Er du helt sikker på, at du er okay?"

Mor har stadig den der bekymrede mine på.

"Ja, selvfølgelig er jeg det."

Jeg kan se, at hun ikke er overbevist. Hun har en dyb fure i panden.

"Du ved jo, at du altid kan komme og snakke, hvis der er noget, der trykker dig."

"Jeg er okay, mor!"

Jeg kigger hende i øjnene og fastholder blikket. Heldigvis er det hende, der slår blikket ned først og vender opmærksomheden mod filmen igen. Jeg tager en dyb vejrtrækning så stille, som jeg kan.

Brudgommen kommer til at skære sig på kniven, da de skærer bryllupskagen ud. Jeg kan mærke, mor ser på mig ud af øjenkrogen, selvom hun lader, som om hun koncentrerer sig om filmen. Hun er helt vildt dårlig til det her. Jeg kan se, at hun bekymrer sig og ikke ved, hvad hun skal stille op. Hun ville sikkert have det bedre uden mig.

Stop, Camilla! Tænk på noget andet. Jeg prøver igen at fokusere på filmen. Det virker overhovedet ikke. Jeg tænker på brudgommens uheld. Det var kun et lillebitte snit og alligevel så effektivt.

Jeg rejser mig hurtigt op, og mor ser forskrækket på mig.

"Jeg går op og laver lektier."

Hun ligner en, der skal til at gøre indvendinger, men hun ender med bare at nikke.

En vinterdag

Det var allerede ved at være mørkt, da de kom hjem efter en lang eftermiddag i sneen. Hun havde hygget sig mere, end hun havde turdet håbe på. De passede så godt sammen på rigtig mange punkter.

Han lavede varm kakao med flødeskum til dem, mens hun sad i sofaen og fik varmen igen. Hun betragtede nysgerrigt hans stue. Den var indbegrebet af en high-tech ungkarlehybel. Hun var ikke meget for at indrømme det, men flere af dimserne vidste hun ikke, hvad var.

Da han kom ind med kakaoen, satte han sig tæt ved siden af hende. Han rakte hende det ene krus, og hun tog smilende imod det. Meget bevidst om den korte afstand mellem dem.

Indvendigt frydede hun sig over sit held. Tænk, at han stadig var single. Han var lige hendes type. Det var lige før, at det var for godt til at være sandt. Hendes smil stivnede lidt, og sommerfuglene faldt pladask til jorden. Var det for godt til at være sandt? Havde han en skjult personlighed eller psykopatiske træk, som hun bare ikke havde opdaget endnu? Hun studerede ham ud af øjenkrogen, mens hun lod, som om hun stadig kiggede rundt i stuen.

Stilheden mellem dem virkede ikke til at genere ham det mindste. Han virkede helt rolig, som han sad der og nippede til sin kakao og rokkede med foden i takt til musikken. Var han nu også den helt rigtige for hende? Selvom de havde mange ting til fælles, var de også enormt forskellige på andre områder.

Tvivlen voksede sig større og større. Hun havde brug for at tænke. Brug for tid til at overveje, om det her nu også var det rigtige.

Hun skyndte sig at drikke sin kakao færdig og satte kruset på bordet.

"Tak for en dejlig dag. Men jeg er nødt til at tage hjem nu."

Skuffelsen lyste ud af ham, og hun fik et lille stik i hjertet af dårlig samvittighed. Hun rejste sig op, inden hun kunne nå at ombestemme sig.

"Jeg sender dig en sms, ikk'?"

Han nikkede trist uden at se op på hende. Hun skyndte sig ud i entreen og fik vintertøjet på igen, men inden hun forlod lejligheden, kastede hun et sidste blik ind i stuen. Han sad med hovedet mellem hænderne med albuerne hvilende på lårene og stirrede blankt ud i rummet. Hun lukkede forsigtigt døren efter sig.

En fremlæggelse

Klapsalverne lagde sig, mens Tobias satte sig ned på sin plads igen.

"Så er det din tur, Juliane."

Jeg rejste mig langsomt og gik op til tavlen. Med rystende hånd koblede jeg min bærbare computer til og fandt min præsentation om Michael Strunge frem.

"Michael Strunge blev født i Hvidovre i 1958 og …"

Stemmen rystede, og jeg kunne mærke varmen stige op i kinderne, mens jeg fortalte om Strunges opvækst. Jeg prøvede at undgå mine nye klassekammeraters blikke og kiggede i stedet på plakaten med matematikformler på bagvæggen. Den, der hang lige bag ved Natasja og Simons hoveder. Hjertet hamrede i mit bryst, og jeg hev lidt efter vejret, hver gang jeg afsluttede en sætning.

Lynhurtigt var jeg gennem Strunges ungdom. Jeg snublede videre over ordene, indtil jeg blev afbrudt.

"Stop lige et øjeblik, Juliane."

Modvilligt stoppede jeg min talestrøm og så på min dansklærer.

"Træk lige vejret engang, og sæt tempoet ned til det halve. Ellers misser klassen pointerne i din fine præsentation."

Jeg nikkede stift og forsøgte at trække vejret. Jeg knugede mit papir med noter hårdt og kunne mærke, hvordan mine svedige håndflader var ved at få papiret til at gå i opløsning.

"Prøv at starte forfra på det slide, som du er i gang med. Og tag det så stille og roligt."

Min krop rystede. Bare de andre nu ikke kunne se det. Det var slemt nok, at jeg var tomatrød i hovedet og lød som en hakkende radioudsendelse.

Jeg fokuserede på matematikformlerne igen og fortsatte min præsentation af Strunges karriere i et langsommere tempo. Det virkede unaturligt langsomt på mig, men jeg turde ikke kigge på de andre og se deres reaktion. Mon de i det hele taget hørte efter mit ynkelige forsøg på at præsentere min yndlingsdigter?

Mellem to slides forsøgte jeg endnu en gang at tage en dyb vejrtrækning. Endnu et mislykket forsøg. Hjertet galoperede i mit bryst, og jeg begyndte at føle mig svimmel. Jeg knugede hårdere om mit papir og stirrede på det i stedet for at lade, som om jeg så på mine klassekammerater. Jeg havde ikke længere kun svedige håndflader – hele min krop var badet i sved. Hvorfor kunne jeg ikke bare gennemføre en præsentation ligesom alle andre?

44

Tårerne pressede sig på i øjenkrogene. Nej, det var løgn. Jeg måtte bare ikke tude midt i min præsentation. Svimmelheden blev værre, og jeg overvejede at tage fat i bordkanten, men det ville simpelthen være for pinligt.

Benene rystede under mig. Det ville ende galt det her. Med svimmelheden kom kvalmen. Jeg opgav at fortsætte min talestrøm og hev efter vejret.

"Er du okay, Juliane?"

En stol blev skubbet tilbage. Min dansklærer var på vej op til mig, men det var for sent. Det sidste jeg så, inden jeg besvimede, var chokket i mine nye klassekammeraters ansigter.

En investering

"Nu skal jeg bare bede om jeres underskrifter, og så er I husejere."

Jeg betragtede Dan og så ham række ud efter kuglepennen. Der var ikke den mindste tøven i hans bevægelser. Energisk satte han sin underskrift og rakte mig papir og kuglepen. Han smilede det der store drengede smil, der altid fik mig til at tænke på ham som en femårig, som glædede sig til at pakke sine gaver op juleaften.

Forsigtigt satte jeg min underskrift ved siden af hans. Det var så det. Nu var vi blevet rigtige voksne og bundet sammen af et hus og en milliongæld. Nu hang vi på hinanden. Jeg elskede ham over alt på jorden, men det var et kæmpe skridt at bytte vores lille 60 kvadratmeter store lejelejlighed ud med et købt hus på 145 kvadratmeter.

Voksenlivet havde indhentet mig, og indimellem tvivlede jeg på, at jeg var klar til at påtage mig alt det ansvar. Jeg kiggede ind i Dans øjne, og tvivlen forsvandt. Han stolede på, at vi to sammen kunne klare alt, og jeg forsøgte at læne mig op ad hans tillid.

Det var så huskøbet. Hvornår kom så bilen? Hunden? Børnene? Jeg følte mig ikke spor kla: til noget af det. I hvert fald ikke endnu. Jeg håbede at det ville komme en dag, så vi kunne blive en rigtig familie uden følelsen af ikke at kunne magte opgaven.

Dan gav min hånd et lille klem, og jeg gengældte hans smil.

En buket

Undskyld!

Sofia læste kortet for gud ved hvilken gang og duftede til roserne igen. De duftede godt. Og de stod så smukt. 10 flotte, røde roser. Hendes yndlingsblomst.

Hun havde sat dem i den fine krystalvase, som hun havde arvet efter sin farmor, selvom hendes første tanke havde været at smide dem direkte i skraldespanden, da blomsterbuddet var gået igen.

Følelserne væltede rundt i hende, og hun vidste ikke, om hun skulle grine eller græde. Det hele var et stort kaos. På den ene side længtes hun efter ham, men på den anden side havde hun ment hvert et ord, da hun sagde, at hun aldrig ville have noget med ham at gøre igen.

Sofia så på kortet igen og rystede på hovedet. Forsigtigt bar hun vasen ind i gæsteværelset og lukkede døren efter sig. Ude af øje, ude af sind.

En caffe latte

"Hvordan går det med dig og Martin?"

Vi satte os ved det ledige cafébord efter at have udvekslet det obligatoriske hvor-er-det-længe-siden-vi-har-set-hinanden-knus.

"Så godt. Han er DEN mest perfekte mand, jeg nogensinde har været sammen med. Så sød og betænksom."

"Skønt. Var der noget med, at han havde et barn fra et tidligere forhold?"

"Ja. En lille bandit af en dreng på tre år fra forholdet med hans teenagekæreste," svarede jeg sammenbidt, inden jeg tog en tår af min caffe latte.

"Kan du ikke lide ham?"

"Både og. Han er en sød, lille dreng, men det er bare irriterende at kravle ned fra sin lyserøde sky hver anden weekend for at lege far, mor og barn. Jeg er slet ikke klar til den del."

"Du er også den sidste, jeg ville have forventet skulle være bonusmor."

"Enig. Men jeg er jo nødt til at tage hele pakken. Jeg kan jo ikke kun vælge Martin uden også at vælge Xander."

"Men behøver du gøre den der bonusmor-ting fuldt ud? Kan du ikke bare nøjes med at være der hver anden eller tredje gang, Xander er der?"

"Jo, jeg har overvejet det. Men jeg synes ligesom ikke, at det er fair, at jeg skal føle mig tvunget til at forlade min lejlighed hver anden weekend. Men jeg synes heller ikke rigtig, at jeg kan tillade mig at sige, at Martin skal tage et andet sted hen og være sammen med Xander. Det er jo også hans hjem. Og han lagde jo aldrig skjul på, at han havde en søn, da vi lærte hinanden at kende. Jeg overvejede bare aldrig, at det kunne have så store konsekvenser for mit liv. Det trækker vores liv i en helt anden retning hver anden weekend, når han kommer."

"Er han en god far?"

"Ja. Og det er det, der gør det så forbandet svært. Jeg elsker at se ham være far for Xander, men på den anden side er det også svært at se ham give så meget kærlighed til et menneske, som jeg ikke har de store følelser for."

"Er du ikke bare en lille smule jaloux?" Eva blinkede til mig.

"Jo, helt vildt. Og det pisser mig af. Hvorfor er jeg jaloux på et barn?"

"Det er nok, fordi du godt ved inderst inde, at han til enhver tid vil vælge sin søn frem for dig."

"Og sådan skal det også være. Jeg har nok bare ikke fundet min plads i alt det her endnu. Mon ikke jeg vænner mig til det med tiden?"

"Jo, selvfølgelig gør du det. Giv det lidt tid."

"Du har ret. Nå, men nok om mine dilemmaer. Hvordan går det med dig?"

En taske

Langsomt kiggede jeg rundt om gadehjørnet. Der var ikke nogen at se. Det måtte være min trætte hjerne, der lavede numre med mig. Selvfølgelig var der ikke nogen, som fulgte efter mig. Det måtte være resultatet af at have set for mange film og læst for mange krimier.

Jeg drejede ned ad næste sidevej på højre hånd. Månen fik husene til at kaste lange skygger på gaden, og situationen var som taget ud af min yndlingsbog. Øjeblikket inden morderen overfalder det uvidende offer. Hold nu op, hvor var det dumt at tænke sådan, når man var på vej hjem alene halv et om natten. Jeg rystede opgivende på hovedet af mig selv. Alligevel hamrede hjertet lidt hurtigere end normalt, og min gang var også hurtigere.

Hvad var det? Var det skridt, som nærmede sig bagfra? Jeg satte tempoet op og drejede ned ad næste sidegade. Forsigtigt kastede jeg hurtigt et blik tilbage over skulderen, da jeg drejede om hjørnet. Han befandt sig i skyggen, så jeg kunne ikke se ham ordentligt, men ingen tvivl. Der var en anden person. Nu sad hjertet helt oppe i halsen, og jeg havde svært ved at få luft.

Jeg kunne tydeligt høre, da han drejede om hjørnet og satte farten op bag ved mig.

"Hej du. Vent lidt."

Jeg så lige frem og fortsatte målrettet.

"Vent nu lige lidt!"

Jeg kunne høre ham sætte i løb. Fuck! Jeg kunne ikke løbe i stiletter. Shit, shit. Var der noget sted at gemme sig?

Hans forpustede åndedræt var lige bag mig. Nej. Nej! Hvad vidste jeg om selvforsvar? Ingenting. Pis! Han lagde en hånd på min skulder, og jeg frøs på stedet. Benene rystede under mig, og jeg vidste, at jeg ikke kunne stå oprejst meget længere.

"Hvorfor ventede du ikke på mig?"

Jeg kiggede skræmt på ham. Der var et eller andet bekendt ved ham, men jeg kunne ikke få en lyd over mine læber. Jeg trådte et skridt tilbage for at lægge noget afstand mellem os.

"Slap nu af. Jeg gør dig jo ikke noget. Du glemte din taske til festen." Han rakte min lille sorte skuldertaske frem mod mig. "Du sagde tidligere på aftenen, at du boede på en sidevej til min vej, så da du gik og havde glemt din taske, tænkte jeg, at jeg lige kunne nå at indhente dig og levere den tilbage."

Mit hjerte galoperede stadig i brystet på mig, mens jeg knugede tasken ind til mig.

"Undskyld, hvis jeg skræmte dig. Det var ikke min

mening."

Jeg nikkede stille. Jeg stolede ikke på min stemme og var også lidt pinlig berørt over min reaktion. Men så på den anden side, kunne jeg jo ikke vide, at det var Andreas' ven, der fulgte efter mig.

"Skal vi følges resten af vejen, så du ikke får flere forskrækkelser?"

"Ja, tak."

En strikkeklub

Jeg skyndte mig at parkere cyklen ved det nærmeste cykelstativ. Varmen bredte sig i kroppen, og en lethed lagde sig over mit sind ved tanken om at skulle bruge de næste par timer i selskab med Cæcilie, Sabrina og Marie. Et par timer, hvor vi kunne hyggesnakke, mens hænderne arbejdede.

Deres varme og smittende livsglæde hev mig gang på gang op af de sorte huller, jeg havnede i og ikke selv vidste, hvordan jeg skulle komme op af. Jeg bestilte den sædvanlige kop varm kakao i baren og spejdede efter dem. De sad ved vores stambord og havde allerede fundet garn og pinde frem. Cæcilie vinkede glad, da hun fik øje på mig. Endnu en gang var jeg i stand til at trække vejret ordentligt.

"Hej!"

Jeg smilede. Overrasket over, hvor let smilet kom til mig, når jeg befandt mig i deres selskab.

Marie lagde straks sit strikketøj og gav mig et stort knus.

"Hej. Hvordan går det?"

De kiggede alle tre på mig, og jeg følte mig tryg ved

at sige sandheden.

"I dag er okay."